Contemporary Remix "万葉集"

恋ノウタ

LOVE SONGS TO YOU せつなくて

三枝克之

角川文庫 11860

LOVE SONGS TO YOU せつなくて

contents

はじめに 4

Track 1
EVERY BREATH YOU TAKE 見ツメテイタイ 7
featuring photographs of 菅野 純／岩根 愛／小野 静

Track 2
LOVELY PLANET 恋スル惑星 31

Track 3
YOU CAN'T HURRY LOVE 恋ハ焦ラズ 49
featuring photographs of 岩根 愛／山本 香

Track 4
HEART OF GLASS 心乱レテ 81
featuring photographs of 岩根 愛／山本 香

Track 5
THE LOOK OF LOVE 恋ノ面影 103

Track 6
DON'T TURN ME ON ソノ気ニサセナイデ 121
featuring photographs of 小野 静／菅野 純

索 引 154
主要参考文献 156
写真クレジット 157

カバー&本文デザイン＊ちゃむ

はじめに

*この『恋ノウタ』は、今から約千二百年前に編集されたわが国最古の歌集『万葉集』（全20巻4500首あまり）の中から「恋の歌」（相聞歌）六十首をピックアップし、それらを「ポップスの歌詞のような感覚」で〈翻訳〉した現代語訳と、「今」を切り取ったヴィヴィッドな写真のコラボレーションによって〈リミックス〉した写真詩集です。

*したがって本書は『万葉集』についての学術的な専門書ではありません。ここでは何よりも、千二百年以上の時をへだてても変わることのない「ひとの想い」を重視して、「古典」として素通りされがちだった『万葉集』の魅力を、今を生きる僕たちと同時代感覚で味わえるよう心がけながら編集しました。

*本書の翻訳作業は、多くの先学の優れた研究成果である注釈書・研究書をテキストにして進めました。本書によって『万葉集』に関心を持たれた読者の方々には、巻末に掲載した参考文献などの専門書に目を通されることをおすすめします。

*本書の訳文は『万葉集』の逐語訳ではなく、『万葉集』にあまりなじみのない読者にも歌のトータルな内容をできるだけ分かりやすく伝えるために、一旦解体した逐語訳を現代的に再構築した訳文になっています。

＊歌の背景や意味のとりにくい古語などについては、別に解説を設けて紹介しました。

＊原則的に訳文は原文の意に沿ったものですが、歌によっては思いきった意訳をほどこしたものもあります。これは作者の「想い」の部分をより伝えやすくするための意訳ですが、こうした場合、本来の直訳的な訳文を極力解説に盛り込むよう心がけました。

＊歌の表記に関しては、できるだけ現代の読者が親しみやすいよう考慮して、巻末に掲げた主要参考文献をもとに提示しました。

＊『万葉集』の研究はいまなお日々進行中であり、本書でとり上げた歌の表記、歌の解釈、あるいは解説中の語釈などは、絶対的なものではありません。

＊解説文の頭には、それぞれの歌が収められている『万葉集』の巻数、『国歌大観』による歌番号を記しました。

＊本書では四人の女性写真家に多くの写真を提供していただきました。各写真の撮影者については、巻末に掲載した写真クレジットをご参照ください。

＊奇しくも写真には「一葉、二葉……」という数え方もあります。本書を『万葉集』の現代語訳という言葉による表現と、写真というヴィジュアルな表現による〈相聞歌集〉としても楽しんでいただけると、とてもうれしいです。

大好きなあなたへ

Track 1

EVERY BREATH YOU TAKE

見　ツ　メ　テ　イ　タ　イ

シグナル● every little thing

身に起きることすべてを

私に会えるシグナルと信じて

あなたは待っててくれるかな？

身に起きることすべてを

あなたに会えるシグナルと信じて

想い募らせるこの私を

眉根《まよね》掻《か》き　鼻ひ紐解《ひもと》け　待つらむか
何時《いつ》かも見むと　思へるわれを

柿本人麻呂《かきのもとのひとまろ》歌集

◆巻11・2408
◆眉を掻く、くしゃみをする、紐が解ける。これらはすべて、恋人に会える前兆とされた。作者の性別は不詳だが、恋に身を焦がし、日常の些細なことに一喜一憂する万葉人の姿がここにある。そして遥かな時を経たいま、様々な占いに一喜一憂する恋人たちがいる。
◇鼻ひ→くしゃみをする
◇紐解け→当時、関係を持った男女は別れに際して互いに衣服の紐を結び合う習慣があり、それを勝手に解くことは心変わりを意味した。ただし、下紐が自然に解けるのは、想う人に会える前兆とされ、ここでの「紐解け」はその意である

恋にご用心 ● the happening

もう恋なんてしない

そう決めていたのに

ふいに現れた恋が

私につかみかかってきた

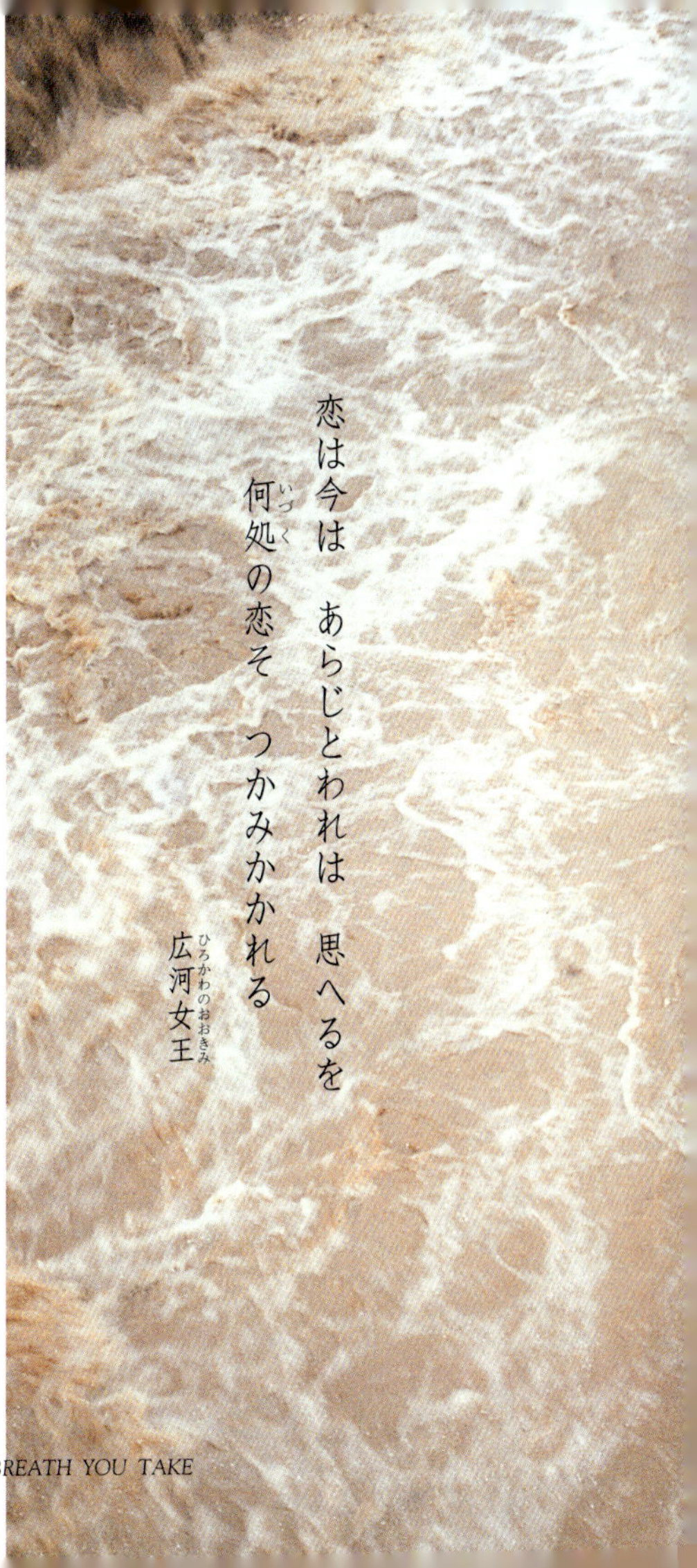

恋は今は　あらじとわれは　思へるを
何処《いづく》の恋ぞ　つかみかかれる

広河女王《ひろかわのおおきみ》

巻4・695

◆自分の意思とは関係なく、人はある日突然、恋に落ちる。それを作者は『恋がふいにつかみかかってきた』などというワイルドな言葉で表現した。とはいえこの表現は、作者の祖父・穂積皇子（ほづみのみこ）の詠んだ歌（「家にありし櫃にかぎさし蔵めてし恋の奴のつかみかかりて」巻16・3816）の中にすでに見られる。作者はその歌を踏まえてこの歌を詠んだようだ。

◇今は→これから先

夢で逢えたら ● night and day

昼も夜もいつも

僕は君を想うから

君は夢を見るだろう

昼も夜も君を想う

僕の夢をきっと

夜昼と いふ別知らず わが恋ふる こころはけだし 夢に見えきや

大伴家持

◆巻4・716
作者は万葉集第四期の歌人で、集の編纂者ともいわれる。「夢に人が現れるのはその人が自分を想っているからだ」、あるいは「深く想えば相手の夢に自分が現れる」、などといった内容の歌は、万葉集中に数多く見られるが、この歌もその一例。

◇けだし→きっと

Track 1 ── EVERY BREATH YOU TAKE

昨日・今日・明日 today and forever

おとといも

きのうもきょうも会ったけど

あしたも君に会いたい

前日《をとつひ》も　昨日《きのふ》も今日《けふ》も　見つれども
明日《あす》さへ見まく　欲しき君かも
橘《たちばなの》　文成《あやなり》

巻6・1014

◆まさにポップスの歌詞の原形とでも言うべき、ストレートなラヴソング。

ハートビート● heartbeat

胸の奥でずっと

愛し続けてきた君の

背中のホックをいま

僕は外そうとしている

真薦《まこも》刈る　大野《おほの》川原《かはら》の　水隠《みごも》りに

恋ひ来《こ》し妹《いも》が　紐解《ひもと》くわれは

作者不詳

巻11・2703

◆上二句は「水隠り」を起こす序詞。「水隠り」は文字通り水の中に隠れることだが、転じて『想いを心の中に秘めて外に表さない』こと。ようやく恋の想いを遂げようとしている作者の胸の高鳴りが聞こえてきそうなヴィヴィッドな歌。もちろん『背中のホック』は意訳。

◇妹→愛する女（妻・恋人など）のこと

Track 2

LOVELY PLANET

恋　スル　惑　星

C・ムーン
C moon

ふと見上げた夜空に浮かぶ

三日月の冴えた月影

ひと目だけ見たあの人の

美しい眉に似ている

振仰《ふりさ》けて　若月《みかづき》見れば　一目《ひとめ》見し
人の眉引《まよびき》　思ほゆるかも
大伴家持《おおとものやかもち》

巻6・994
◆万葉集の編纂者ともいわれる天平の貴公子の、まだ十代半ばの初々しい歌。
◇振仰けて→振りあおいで遠くを眺めること
◇眉引→眉毛を抜いたあとに眉墨で引いた眉
◇思ほゆるかも→自然に思われることだ

いかしたあのコ isn't she lovely

ほら見ろよ

かろやかにステップ踏んで踊る

あのコ　とってもキュートだろ？

ひそかに僕が焦がれてる

あのコ　とってもイカスだろ？

僕が焦がれるあのコはまるで

山にかかった白雲みたいさ

一日中　見つめていたって

もっともっと見つめたくなる

なあ　こんな気持ち

君にもわかるだろ？

秋津羽《あきづは》の　袖振る妹《いも》を　玉くしげ　奥に思ふを　見たまへわが君

湯原王《ゆはらのおおきみ》

青山の　嶺《みね》の白雲《しらくも》　朝にけに　恒《つね》に見れども　めづらしわが君

湯原王

巻3・376（右）

◆作者は天智天皇の第七皇子・志貴皇子（しきのみこ）の子。宴席で友人に、顔なじみの女性を自慢している歌か。

◇秋津羽→トンボの羽の意で「袖振る」にかかる枕詞　◇妹→愛する女（妻・恋人など）のこと

◇玉くしげ→「奥に思ふ」にかかる枕詞　◇奥に思ふ→心の底で慕う

巻3・377（左）

◆《巻3・376》の歌とともに詠まれた宴席の歌。山にかかる雲の見飽きることのない美しさを、想う女の美しさに重ねている。ここでは「わが君」を隣席の友人への呼びかけと解釈し、《巻3・376》の歌同様、作者が友人に女性を自慢する歌とした。

◇朝にけに→朝に昼に　◇めづらし→もっと見たい

お熱いのがお好き some like it hot

もしもこの橋のたもとに

オレの部屋があったなら

ひとり哀しげに橋をゆく

あのオンナに声をかけるのに

オレの部屋に寄ってけよって

あのオンナに声をかけるのに

*

人妻の私に声かけるのは誰？

そのスカートを下ろせだなんて

人妻の私に言うおバカさんは誰？

大橋の　頭《つめ》に家《いへ》あらば　うらがなしく　独り行く児《こ》に　宿《やど》貸さましを

高橋虫麻呂《たかはしのむしまろ》

*

人妻《ひとづま》に　言ふは誰《た》が言《こと》　さ衣《ごろも》の　この紐解《ひもと》けと　言ふは誰《た》が言《こと》

作者不詳

巻9・1743（右）

◆ナンパの状況を歌った長歌《巻9・1742》の反歌（長歌の内容を繰り返したり補ったりする歌）。当時ラヴホテルがあったなら、男も声をかけることができたろうに…。作者は『伝説歌人』と呼ばれる万葉集第三期の異色の歌人で、伝説や説話などに想を得た長歌を数多く残した。

◇頭→たもと

巻12・2866（左）

◆さ衣の「さ」は接頭語。『スカート』は意訳だが、もとの歌を見れば内容はおおよそ見当がつくだろう。今風に解釈すれば、『人妻と知らずにナンパしてきた男をクールにあしらいつつも、どこか内心嬉しい女心』を歌った歌なのかもしれない。

デート●date

こそこそ隠れてばかりの
デートは後ろめたいから
ねえ　いっそ
ママとパパに打ち明けようよ

隠《こも》りのみ　恋ふれば苦し　山の端《は》ゆ
出《い》で来《く》る月の　顕《あらは》さば如《い》何《か》に

娘《お》子《とめ》

◆巻16・3803
この歌の前にはやや長めの題詞が添えられており、その題詞には『昔、ある男女がそれぞれの親には内緒で会っていた。だが女は親に打ち明けたいと思って歌を詠み、その歌を男に贈った』とある。「山の端ゆ出で来る月の」は「顕す」を起こす序詞で、『月が山の端から顔を出すように表に出る』の意。歌を贈られた男にとっては、いよいよ『年貢の納めどき』だ。

あの人が着てる

私の編んだセーター

いつの間にかあの人への愛が

ひと目ひと目に編み込まれた

私の編んだセーター

わが背子《せこ》が　著《け》せる衣《ころも》の　針目おちず
入りにけらしも　わがこころさへ

阿倍女郎《あべのいらつめ》

巻4・514

◆むろん当時はセーターなどない。縫ったのは着物である。古今東西、人は手作りのプレゼントに弱い。

◇背子→女が恋人（あるいは夫）である男を親しんで呼ぶ語

◇針目おちず→縫目ひとつも欠けることなく・縫目のすべてに

◇入りにけらしも→入ってしまったらしい

雨は激しく降ってるし
夜もずいぶん遅いから
今夜は泊まっていくでしょ？
すぐにパジャマ出すから
早くそのシャツ脱いだら？

あなたのカフスをひとつ
ベッドの下で見つけた
明日の夜も逢いに来てくれるなら
カフスは捨てずに　待ってるから

雨も降り　夜もふけにけり　今更《いまさら》に　君行かめやも　紐解《ひもと》き設《ま》けな

作者不詳

高麗錦《こまにしき》　紐《ひも》の片方《かたへ》ぞ　床《とこ》に落ちにける　明日《あす》の夜《よ》し　来《こ》むとし言はば　取り置き待たむ

柿本人麻呂歌集《かきのもとのひとまろ》

巻12・3124（右）

◆「今更に君行かめやも」は『今さらあなたは帰ったりしないわよね？』ほどの意。作者はかなり強引に男を引き止めている。今ならさしずめ『終電も行っちゃったし、タクシーもこの辺通んないのよねえ…泊まってく？』といった感じか。これは男にとってかなりラッキーな申し出である。

◇紐解き設けな→衣の紐を解いて寝る支度をしましょう

巻11・2356（左）

◆旋頭歌（五七七・五七七）。「高麗錦」は古代朝鮮・高句麗（こうくり）で作られた錦（絹織物の一種）のことだが、ここではあえて訳さず、「紐」にかかる枕詞とした。「紐の片方」は『衣服の付け紐の片方』の意で、『カフス』はもちろん意訳。要するに、恋人の身につけていたものを『人質』にとって、次のデートを確約させようとしているわけだ。

◇床→寝床

恋のかけひき● please please me

あなたの庭が見たいと言ったのは
あなたの庭が見たいからじゃなくて
あなたに会いたいからなんだ

*

本当にイライラさせる人ね
来るなら来る
来ないなら来ないと
はっきりそう言えばいいのに
来るのか来ないのか
ただそれだけが聞きたいのに

うつたへに　まがきの姿　見まく欲《ほ》り　行かむと言へや　君を見にこそ

大伴家持

＊

梓弓《あづさゆみ》　引きみ緩《ゆる》へみ　来《こ》ずは来《こ》ず　来《こ》ば来《こ》其《そ》を何《な》ぞ　来《こ》ずは来《こ》ば其《そ》を

作者不詳

巻4・778（右）
◆万葉集第四期の代表的歌人である作者が、当時家を新築していた紀女郎（きのいらつめ）に贈った歌の一首。「まがき」とは本来、柴や竹などで間を広く空けて作った垣根のこと。作者はおそらく『いやあ垣根の具合を見にね』などと彼女の家を訪ねたのだろう。男とは実にかわいい生き物である。
◇うつたへに↓（否定表現と呼応して）決して　◇見まく欲り↓見たいと望んで

巻11・2640（左）
◆まるで早口言葉のような歌。『梓弓を引いたり緩めたり』という上二句は優柔不断な様子のたとえ。
◇梓弓↓梓（カバノキ科の落葉高木）で作った弓

恋に落ちて●when I fall in love

黒髪に白髪が交じり始めるこの年まで
こんな恋に出会ったことは
一度もなかった

　　　いい年をして私は
　　　いったい何をしているのだろう
　　　まさか今さら　子供のように
　　　『愛している』などと君に口走るとは
　　　『恋に落ちた』などと君に口走るとは

黒髪に　白髪交じり　老ゆるまで　かかる恋には　いまだあはなくに

大伴坂上郎女（おおとものさかのうえのいらつめ）

あづきなく　何の狂言（たはごと）　今更に　小童言（わらはこと）する　老人（おいひと）にして

作者不詳

◆巻4・563（右）
◆作者は大伴旅人（おおとものたびと）の妹で、万葉集第三期を代表する歌人。大伴家持の叔母にあたる。例の『マディソン郡の橋』を思わせるような歌だが、作者は当時まだ三十代半ばだったといわれる。むろん今とは寿命が違うので年齢の感覚も異なるだろうが、それにしても、その年で「老ゆる」とはちょっと驚きだ。

◆巻11・2582（左）
◆恋に落ちてしまった老人の自嘲ぎみな歌。だがこの歌を、老人に言い寄られた女が、その老いらくの恋をなじって詠んだ歌とする解釈もある。「年寄りのくせにガキみたいなこと言ってんじゃないわよ。あたしに言い寄るだなんて図々しい…」。これはこれでなかなかリアル。

◇あづきなく→われながらどうにもできず苦々しい　◇小童言→子供じみたもの言い
◇狂言→正気を失って口走る言葉

Track 3

YOU CAN'T HURRY LOVE

恋　ハ　焦　ラ　ズ

昨晩初めて　ほんのひととき
お会いしただけの人なのに
夜が明けて　目が覚めて
まさか恋に落ちてるなんて

玉ゆらに　昨日《きのふ》の夕《ゆふべ》　見しものを
今日《けふ》の朝《あした》に　恋ふべきものか
柿本人麻呂歌集《かきのもとのひとまろかしふ》

巻11・2391
◆作者の性別は不詳。恋は事故みたいなもの。落ちるときは一瞬だ。
◇玉ゆらに↓ちょっとの間

眠れぬ夜●daydreamin'

ボクは彼女に恋をした

とても切ない恋をした

せめて夢で逢えたらと

まぶた閉じて願うのに

彼女を想うと眠れない

吾妹子《わぎもこ》に　恋ひてすべなみ　夢《いめ》見むと
われは思へど　寝《い》ねらえなくに

柿本人麻呂歌集

巻11・2412

◆愛しい人に会えない。会えなければせめて夢に見たい。しかし想いが募って眠れない。眠れなければ夢も見られない。やるせない恋の悪循環。

◇吾妹子↓男が恋人（妻）である女を親しんで呼ぶ語

◇すべなみ↓どうしようもなく切ないので

遠雷● rolling thunder

雷が鳴って

雲が広がり

雨が降ってくれたなら

帰ろうとしてるあなた

きっと引き止められるのに

*

雷が鳴らなくても

雨が降らなくても

君が引き止めてくれたなら

僕はここにいるよ

雷神《なるかみ》の　少し響《とよ》みて　さし曇り　雨も降らぬか　君を留《とど》めむ

柿本人麻呂歌集

*

雷神の　少し響みて　降らずとも　われは留《とま》らむ　妹《いも》し留《とど》めば

柿本人麻呂歌集

巻11・2513（右）

◆何とか恋人を引き止めたい心情を歌っている。この歌と《巻11・2514》の歌は問答歌。

◇雷神→雷　◇響みて→（あたりを揺り動かすように）音が響いて

◇さし曇り→さっと曇り

巻11・2514（左）

◆《巻11・2513》の歌に答えた男の歌。恋する二人のやりとりが何とも初々しい。

◇妹→愛する女（妻・恋人など）のこと

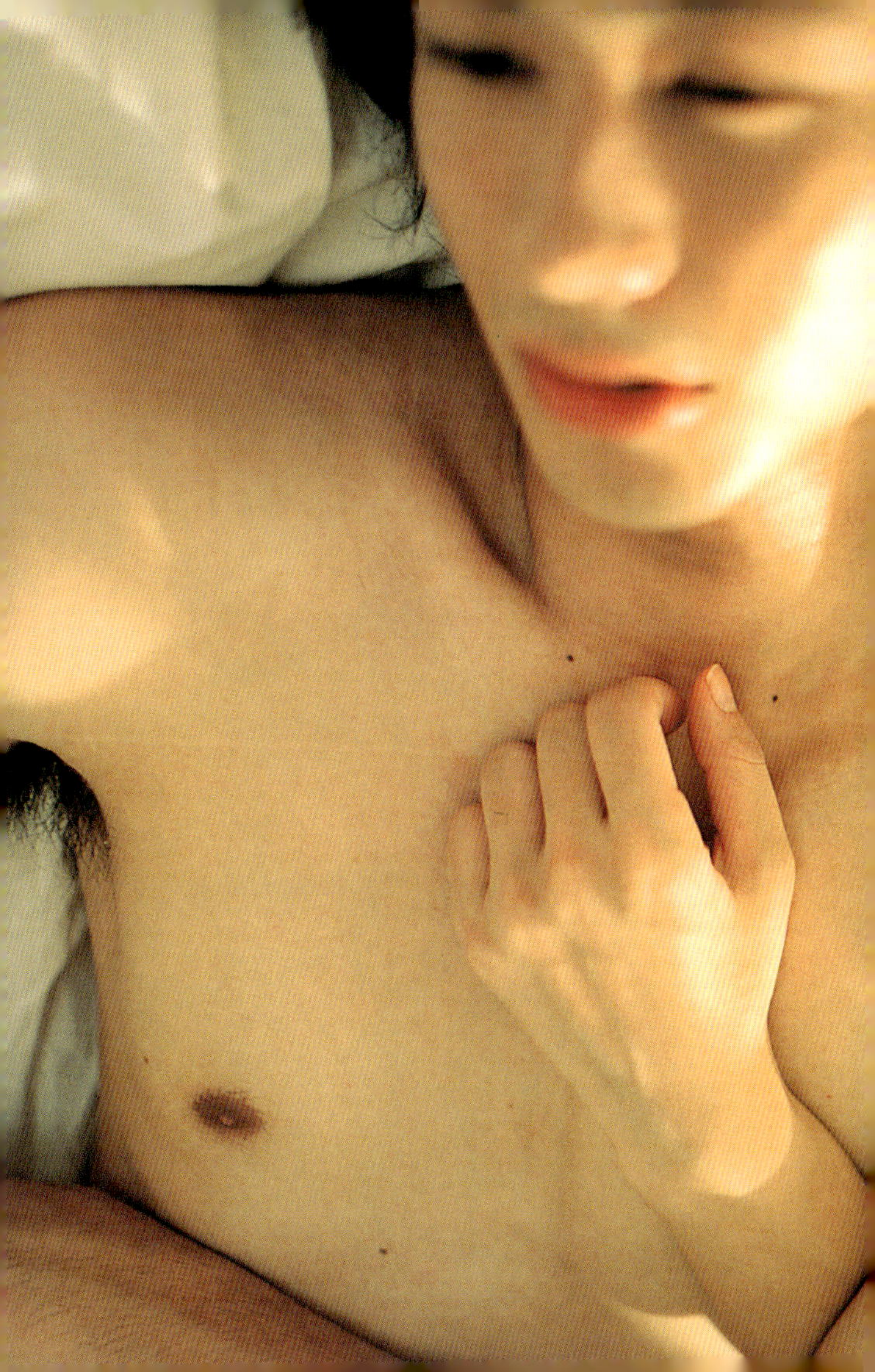

The girl is mine!

俺はあのコを手に入れた

誰もがアレは落ちないと

わけ知り顔で言ったけど

どうだい俺は手に入れた

素敵なあのコは俺のもの

＊

つまんないオトコの

ありふれた口説き文句なのに

繰り返し聞いてると　つい

心が揺れちゃうんだよねえ

われはもや　安見児得《やすみこ》たり　皆人《みなひと》の　得難《えがて》にすとふ　安見児得たり

藤原鎌足《ふじわらのかまたり》

＊

うつせみの　常《つね》の言葉と　思へども　継《つ》ぎてし聞けば　こころはまとふ

作者不詳

巻2・95（右）

◆大化改新の立役者、藤原鎌足が采女（うねめ）の安見児を愛人として得た時に詠んだ歌。采女は宮廷に仕える女官で選りすぐりの美女ぞろいだったが、規則で男との接触をいっさい禁じられていた。しかし権力にものを言わせた鎌足は、采女の中でも特に評判の高かった安見児を手に入れた。いいオトナがはしゃぎすぎだが、気持ちは良くわかる。

巻12・2961（左）

◆『あるんだよねえ、そういうコトって…』という世の女性の呟きが聞こえてきそうな歌。女性に対する『マメさ』と『強引さ』。やはりこの二つは時代を問わず、恋する男たちの最終兵器なのかもしれない。

◇うつせみ→この世の人　◇常→ありきたり・陳腐　◇こころはまとふ→心は乱れる

めちゃくちゃ君に会いたくて
空飛んでまで　来たんだぜ
ホントの気持ち　聞かせてよ

下野《しもつけの》　安蘇《あそ》の河原《かはら》よ　石踏《ふ》まず
空《そら》ゆと来《き》ぬよ　汝《な》がこころ告《の》れ

作者不詳

巻14・3425

◆「下野」は現在の栃木県。「安蘇」はその地名だが、「上野安蘇（かみつけのあそ）」（「上野」は現在の群馬県）の語も同じ巻に見られることから、「安蘇」は「上野」と「下野」にまたがっていたものと思われる。「河原よ」の「よ」と「空ゆ」の「ゆ」は動作や時間の経過点を表す助詞。『下野安蘇の（石で歩きにくい）河原を、石も踏まずに空を飛ぶようにして会いに来たんだよ。あなたの本当の気持ちを聞かせておくれ』。猛烈な勢いで恋する人のもとに駆けつけた作者の、荒い息づかいが聞こえてきそうな歌。

◇汝→あなた　◇告れ→（大切なことを）打ち明けてください

雲になれたら close to you

空ゆく雲になれたら

あなたに会いに行くのに

一日も欠かさずに

あなたに会いに行くのに

山に寄り添う雲みたいに

あなたのそばにいたい

あなたが山だったなら私

雲になって　くっついていたい

ひさかたの　天《あま》飛ぶ雲に　ありてしか　君を相見《あひ》む　おつる日なしに

作者不詳

高き嶺《ね》に　雲の着《つ》くのす　われさへに　君に着《つ》きなな　高嶺《たかね》と思《も》ひて

作者不詳

巻11・2676（右）
◇ひさかたの↓「天」にかかる枕詞　◇おつる日なしに↓毎日欠かさずに
巻14・3514（左）
◆「のす」は「なす（『…のように』の意の接尾語）」の上代東国方言。「雲の着くのす」は『雲がまといつくように』の意。
◇われさへに↓私もまた　◇着きなな↓離れずに、まつわりついてしまいたい

私が彼を好きな気持ちは
刈っても刈っても生えてくる
まるで夏草みたいです

*

大地に限りはあるけれど
恋の想いは無限だね

わが背子《せこ》に　わが恋《こ》ふらくは　夏草の　刈り除《そ》くれども　生《お》ひしく如《ごと》し

作者不詳

＊

大地《おほつち》も　採《と》り尽《つ》すとも　世の中の　尽《つ》し得ぬものは　恋にしありけり

柿本人麻呂歌集

◆巻11・2769（右）
◆恋は不死鳥などというが、まさにゾンビの如き恋心。
◇背子→女が恋人（夫）である男を親しんで呼ぶ語
◇刈り除くれども→刈って取り去っても　◇生ひしく→後から後から生長する

◆巻11・2442（左）
◆いつの時代でも、恋は人にとって最も根源的なもののひとつだ。

あの月が輝くのをやめたら

私の恋はＥＮＤマーク

あの月が輝いてるかぎり

私の恋はTO BE CONTINUED

ひさかたの　天《あま》つみ空に　照る月の
失せむ日にこそ　わが恋止《や》まめ

作者不詳

巻12・3004

◆作者の性別は不詳。直訳すると、『空に照る月が消える日が来たら、その時こそ私の恋は終わるでしょう』となるが、もちろん月は新月になって一度消えても、また復活する。要するに作者はこの歌で、『私の恋は永遠』と言いたかったのである。

◇ひさかたの↓「天」にかかる枕詞　◇天つ↓天界の

Track 4

HEART OF GLASS

心　乱　レ　テ

予感 ● voice of your heart

今日はダメなの

というあのコの言葉が

あなたなんか嫌い

と聞こえるのは

なぜだろう

吾妹子《わぎもこ》が　家の垣内《かきつ》の　さ百合花《ゆりばな》
後《ゆり》と言へるは　否《いな》と言ふに似る

紀豊河《きのとよかわ》

巻8・1503

◆上三句は「後」を導く序詞。「後」は『後で』あるいは『後日』といった意味。『ごめんなさい、今日はダメなの。また誘ってね』。女がこういうセリフを口にした時、まず次はない。

◇吾妹子→男が恋人（妻）である女を親しんで呼ぶ語　◇垣内→垣根の内

ディスタンス● distance

恋がこんなにつらいものだと

最初からわかってたなら

ただ遠くから黙って

あなた　見つめてたのに

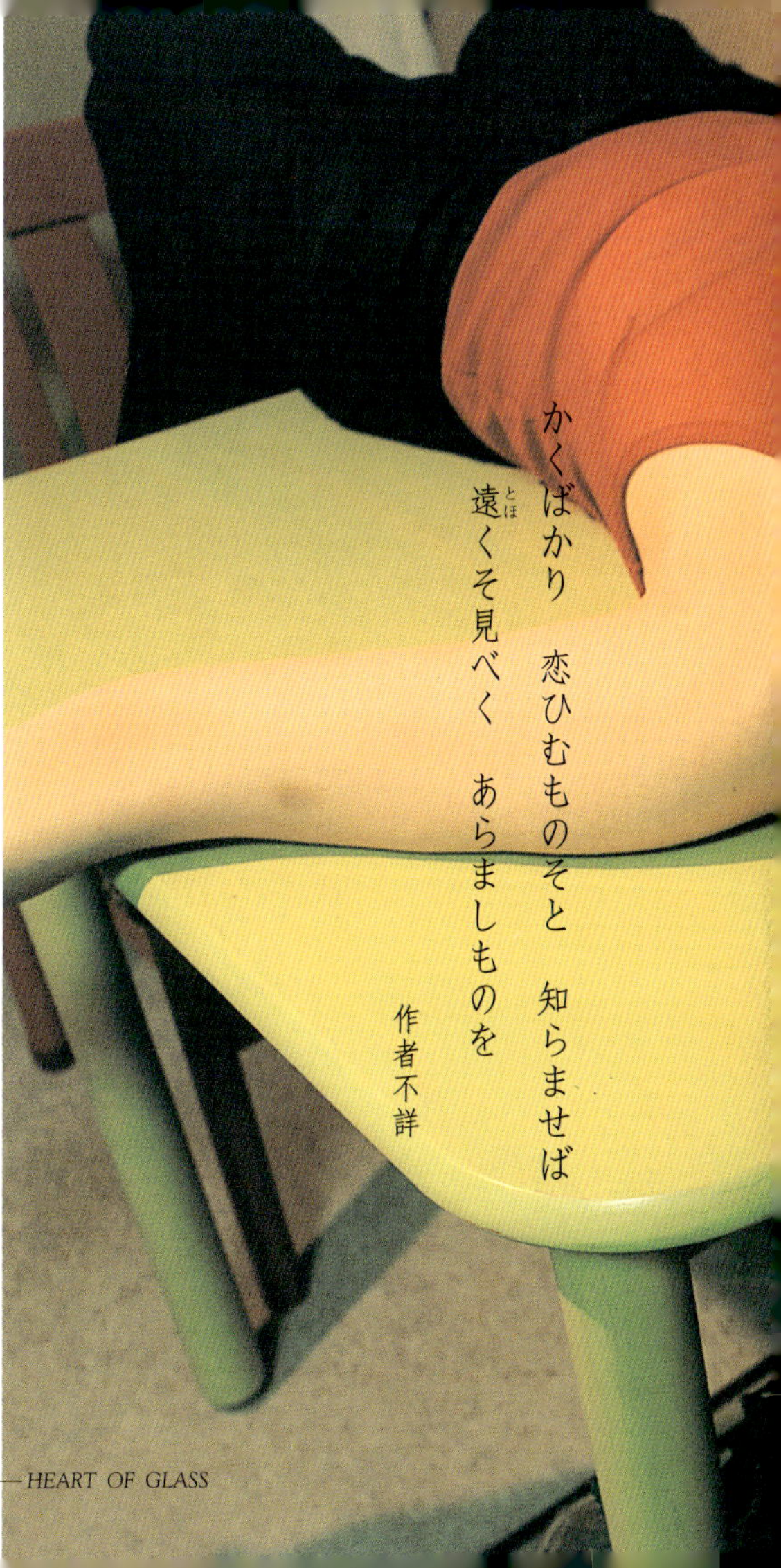

かくばかり　恋ひむものそと　知らませば
遠《とほ》くそ見べく　あらましものを

作者不詳

巻11・2372
◆下二句は『遠くからこそ見ているべきだったのに』の意。
◇かくばかり→これほど

恋のとりこ ● prisoner of love

どんなに好きになっても

振り向いてくれないこと

とっくにわかってるのに

あーあ　どうしてこんなに

あなたを好きになっちゃうの？

思へども　驗(しるし)もなしと　知るものを
なにかここだく
わが恋ひ渡る

大伴坂上郎女(おおとものさかのうえのいらつめ)

◆巻4・658
その答えが簡単にわかるようなら誰も苦労はしない。作者は万葉集第三期の代表的歌人で、大伴旅人(おおとものたびと)の妹。また大伴家持の叔母にあたる
◇驗もなしと→甲斐もないと　◇なにかここだく→どうしてこんなに甚だしく
◇恋ひ渡る→ずっと恋し続ける

霧の中 fogging in my heart

私の胸に漂う

恋という名の

せつない霧は

なかなか晴れてくれません

秋の田の　穂の上《へ》に霧《き》らふ　朝霞《あさかすみ》
いづへの方《かた》に　わが恋ひ止《や》まむ

磐姫皇后《いわのひめのおおきさき》

◆巻2・88
磐姫皇后が仁徳天皇（にんとくてんのう）を想って作った歌とされるが、その様式の新しさなどから、おそらく実際は後人の作と考えられる。上三句は序詞で、田の上を一面に覆う霧に、停滞した自らの恋を重ねている。「いづへの方にわが恋ひ止まむ」は、「自分の恋はどちらの方向に消えていくのだろうか（あの朝霧のようになかなか消えることがない）」の意。

◇霧らふ→霧が流れる

たとえ嘘でも● calling you

嘘でもいいから

『会おうよ』と言ってください

その言葉でせめて

恋の痛みを癒《いや》したいから

浅茅原《あさぢはら》　小野《をの》に標結《しめゆ》ふ　空言《むなこと》も
逢はむと聞《き》こせ　恋の慰《なぐさ》に

柿本人麻呂《かきのもとのひとまろ》歌集

巻12・3063

◆上二句は「空言」を起こす序詞。「聞こせ」はここでは「言へ」の尊敬語で、『おっしゃって下さい』の意となる。
◇浅茅原小野↓丈の低いチガヤ（イネ科の多年生植物）が一面に生えている野
◇標結ふ↓領有または立ち入り禁止などの標識として、紐状あるいは棒状のものを結びつけること　◇空言↓実のない言葉・嘘
◇慰↓心の波立ちを静めるのに役立つかもしれないもの・気休め

Track 5

THE LOOK OF LOVE

恋　ノ　面　影

夢で逢うのはつらいよ

目が覚めてシーツをさぐっても

指先には何も触れない

目が覚めてシーツをさぐっても

君はそこにはいない

日が暮れたなら

ドアを開けたまま君を待つよ

夢で逢いましょうと

約束した君の訪れ

ドアを開けたまま僕は待つよ

夢《いめ》の逢《あひ》は　苦しかりけり　覚《おどろ》きて　かき探れども　手にも触れねば

大伴家持《おおとものやかもち》

暮《ゆふ》さらば　屋戸《やど》開《あ》け設《ま》けて　われ待たむ　夢に相見《あひみ》に　来《こ》むとふ人を

大伴家持

巻4・741（右）

◆万葉集第四期の代表的歌人で、集の編纂者ともいわれる作者が、叔母である大伴坂上郎女（おおとものさかのうえのいらつめ）の娘・坂上大嬢（さかのうえのおおいらつめ）に贈った歌だが、実はこの歌、遣唐使によってもたらされたといわれる唐の小説『遊仙窟』の一節をもじったものらしい。万葉集の中には、この『遊仙窟』の内容や詞句を借りて作られたと思われる歌が少なからず認められる。

◇逢→出会い　◇覚きて→目が覚めて

巻4・744（左）

◆《巻4・741》に続いて、作者が坂上大嬢に贈った歌。『夢で会いに来る恋人のために家の戸を開けて待つ』という、夢と現（うつつ）が交錯したロマンティックな内容。不用心ではないか、などと野暮なことを言ってはいけない。

◇屋戸→家の戸口

待ちわびて● it's too late

時計台　見上げて

響く鐘の音　数えたら

もう待ち合わせの時刻

なのに彼が来ないのはなぜ？

時守《ときもり》の　打ち鳴《な》す鼓《つづみ》　数《よ》み見れば
時にはなりぬ　逢はなくもあやし

作者不詳

◆巻11・2641
「時守」とは時刻を知らせる役人で、時刻によって鐘鼓を打ち鳴らしたという。よって『時計台』はむろん意訳。また、「逢はなくもあやし」は『会えないのはおかしい』の意。作者はおそらく自分の部屋で恋人を待っていたのだろう。とはいえ、オンタイムに現れない男を怪しむとは何ともせっかちな話。
◇数み見れば→数えてみると
◇時にはなりぬ→会うことを約束した時刻になった

忘れ草●forget-you-not

悲しい恋に効くっていうから
垣根いっぱいに植えたのに
忘れ草のバカ！
忘れ草のウソつき！
あの人への気持ち
全然止まんないじゃない

あいつのコト　忘れたくて
気晴らしに　友だちとおしゃべり
なのに　忘れるどころかますます
あいつのコト　恋しくなるばかり

忘れ草　垣《かき》もしみみに　植ゑたれど　醜《しこ》の醜草《しこくさ》　なほ恋ひにけり

作者不詳

忘るやと　物語《ものがた》りして　こころやり　過《す》ぐせど過ぎず　なほ恋ひにけり

柿本人麻呂歌集《かきのもとのひとまろ》

巻12・3062（右）

◆「忘れ草」は、萱草（かんぞう・ユリ科の多年生植物）の異名。それを身につけると物思いを忘れるというので、当時の人々は下着の紐につけたり、庭に植えたりしたという。「醜の醜草」は、『役立たずのしようのない草め』ほどのニュアンスの語。

◇しみみに→（限られた場所に）ぎっしり一杯に

◇醜→汚らわしく疎ましいものをあざけっていう語　◇なほ→一層

巻12・2845（左）

◆作者の性別は不詳。

◇物語り→雑談・世間話　◇こころやり→気晴らし

◇過ぐせど過ぎず→恋心を消そうとするが消えない

夢にも思わなかった
遠く離れちゃったわけでもないのに
あなたがこんなに恋しいなんて

黄昏どきには
想い出さずにいられない
いつかのあなたの姿
やさしく声をかけてくれた
あのときのあなたの姿

こころゆも　吾《あ》は思《も》はざりき　山河《やまかは》も　隔《へだ》たらなくに　かく恋ひむとは

笠女郎《かさのいらつめ》

夕されば　物思《ものも》ひまさる　見し人の　言問《ことと》ふ姿　面影《おもかげ》にして

笠女郎

巻4・601（右）

◆万葉集に残っているこの作者の歌二十九首はすべて、大伴家持に贈られたもの。作者はその才気と情熱に溢れた歌を、当時十代半ばだったといわれる年下の家持に贈り続けた。

◇こころゆ→心から　◇山河も隔たらなくに→山河を隔てているわけでもないのに

巻4・602（左）

◆夕暮れはただでさえ切ないもの。ましてや恋する女には…。

◇物思ひまさる→物思いが増す　◇言問ふ→話しかける

想い焦がれて死ぬなんて
この世にホントにあるのなら
わたしなんてとっくの昔に
1000回は死んでいる

同じ街で暮らしていたら
逢えなくたって生きられた
街からも　あなたからも
遠く離れちゃったいま
わたしもう生きていけない

思ふにし　死《しに》するものに　あらませば　千遍《ちたび》そわれは　死にかへらまし

笠女郎

近くあらば　見ずともあらむを　いや遠《とほ》く　君が座《いま》さば　ありかつましじ

笠女郎

巻4・603（右）

◆前ページに続いて、笠女郎が大伴家持に贈った歌。『恋と死』は万葉集でも繰り返し用いられるモチーフ。

◇死にかへらまし→繰り返し死んでいるだろうに

巻4・610（左）

◆大伴家持との恋に破れた作者は独り故郷に帰る。そして、そこで都の家持を想って詠んだのがこの歌。

◇見ずともあらむを→会えなくても生きていけるだろうが

◇ありかつましじ→生きていられそうにない

恋の想いのままに

この傾いたハート

あなたに委ねてしまおう

たとえどんな噂が

この胸を刺そうとも

秋の田の　穂向きの寄れる　片寄りに
君に寄りなな　言痛《こちた》かりとも

但馬皇女《たじまのひめみこ》

巻2・114

◆作者が穂積皇子（ほづみのみこ）を想って詠んだとされる歌。上二句は「片寄りに」を導く序詞で、『秋に実った稲の穂先がその重みで一方向に片寄るように』の意となる。当時作者は高市皇子（たけちのみこ）のもとで暮らしていたが、それにもかかわらず穂積皇子を愛してしまった。それが世間に知れ、噂となったのだろう。この三人、何とすべて異母兄妹で、父親は同じ天武天皇（てんむてんのう）。何とも凄まじくおおらかな三角関係だ。

◇片寄り↓一方に寄ること　◇寄りなな↓心傾けてしまいたい
◇言痛かりとも↓世間にひどく騒がれようと

あなたの行く手に
横たわる長い旅路を
たぐり寄せて小さく畳み
残らず焼き尽くしてくれる
奇跡の炎があればいいのに

*

こんなゴミみたいな
つまらない男を想って
落ち込んでくれる君のことが
僕はたまらなくいとおしい

君が行く　道のながてを　繰《く》り畳《たた》ね　焼きほろぼさむ　天《あめ》の火もがも

狭野弟上娘子《さののおとがみのおとめ》

*

塵泥《ちりひぢ》の　数にもあらぬ　われゆゑに　思ひわぶらむ　妹《いも》がかなしさ

中臣宅守《なかとみのやかもり》

巻15・3724（右）

◆作者の夫・中臣宅守は、流刑に処せられて越前（現在の福井県東部）に配流された。この歌は作者が夫との別れに際して詠んだもの。『道がなくなりさえすれば、夫は行かずに済むのに』と作者は天に祈る。なお、作者名を「弟上」でなく「茅上（ちがみ）」とする説も。

◇道のながて→長い道のり　◇焼きほろぼさむ→跡形もなく焼き尽くしてしまう

◇もがも→…がほしい

巻15・3727（左）

◆作者がその配流地から妻の狭野弟上娘子に贈った歌の中の一首。この二人の贈答歌・六十三首は、万葉集の中でも特に有名。「塵泥の数にもあらぬわれゆゑに」は『塵や泥のように数え立てる価値もない（ものの数ではない）私などのために』の意。

◇わぶらむ→気落ちしているであろう　◇妹→愛する女（妻・恋人など）のこと

生きていれば　きっと会えるから
私のことでくよくよ悩まないで
生きてさえいれば　きっと
いつか私たち　また会えるから

空の果てにも　地の果てにも
私ぐらいあなたのこと愛してる女は
どこにもいないんだからね

命《いのち》あらば　逢ふこともあらむ　わがゆゑに　はだな思ひそ　命だに経《へ》ば

狭野弟上娘子

天地《あめつち》の　極《そこひ》のうらに　吾《あ》が如《ごと》く　君に恋ふらむ　人は実《さね》あらじ

狭野弟上娘子

巻15・3745（右）

◆前ページに続いて、都に一人残された狭野弟上娘子が、越前に流刑に処せられた夫・中臣宅守を想って作った歌。

◇はだ↓甚だ　◇命だに経ば↓命だけでも長らえたなら

巻15・3750（左）

◆この歌も《巻15・3745》の続き。

◇極↓際限・果て　◇うら↓内側・中　◇実↓（下に打ち消し表現を伴って）決して

Track 6

DON'T TURN ME ON

ソ ノ 気 ニ サ セ ナ イ デ

プレイボーイ●playboy

スマートな遊び人だって
みんなが口にしてたから
わざわざ部屋まで行ったのに
プレイボーイが聞いて呆れちゃう！
まさか『終電でお帰り』だなんて

＊

君には悪いけど　やっぱり
僕こそ本当のプレイボーイ
安易に君を泊めたりせずに
クールに帰した僕にこそ
その名は相応しい

遊士《みやびを》と　われは聞けるを　屋戸《やど》貸さず　われを還《かへ》せり　おその風流士《みやびを》

石川女郎《いしかわのいらつめ》

＊

遊士に　われはありけり　屋戸貸さず　還ししわれそ　風流士にはある

大伴田主《おおとものたぬし》

巻2・126（右）

◆作者が大伴田主に贈った歌。この大伴田主という男、容姿端麗にして頭脳明晰。若くして風流を解し、男女の機微にも通じたクールなヤツだったらしい。作者は自分の方が年上であるにもかかわらず、無謀にもそのような男に言い寄り、結局相手にされなかった。

◇遊士・風流士→風流人　◇おその→鈍感な

巻2・127（左）

◆《巻2・126》の石川女郎の歌に答えた歌。『どうにでもして』状態で部屋にやって来た女をさりげなく帰してしまうこの男、確かにクールだ。

あなたがいなきゃ気持ちはブルー
オシャレしたってつまんない
鏡に映る乱れた髪に
ブラシ入れる気も起きないの

ゴハンを食べてもおいしくないし
ベッドに入っても眠れない
あなたのコトが忘れられなくって

君なくは　なぞ身装《みよそ》はむ　匣《くしげ》なる　黄楊《つげ》の小櫛《をぐし》も　取らむとも思《も》はず

播磨娘子《はりまのおとめ》

飯食《いひは》めど　うまくもあらず　寝《い》ぬれども　安くもあらず
茜《あかね》さす　君がこころし　忘れかねつも

作者不詳

巻9・1777（右）
◆万葉の昔から女は身を装い、男からの『キレイだね』の一言を待った。
◇なぞ→なぜ　◇匣→櫛や髪飾りなどを入れておく箱
◇黄楊→ツゲ科の常緑小低木で、その材は古くから櫛や枕などに用いられた

巻16・3857（左）
◆万葉集中で最も短い長歌。
◇飯→米などを蒸したもの（後には炊いた飯にもいう）◇茜さす→「君」にかかる枕詞

あなたを好きなコト

誰にも気づかれないように

必死で気持ち　抑えてたら

かえってあなたのコトばかり考えちゃって

私　もう死にそう

物思《ものおも》ふと　人に見えじと　なまじひに
常《つね》に思へり　ありそかねつる

山口女王《やまぐちのおおきみ》

巻4・613
◆恋心を他人に悟られまいと努力すればするほど、内にこもった恋心は募ってゆく。そんな切ない想いを込めて、作者が、万葉集の編纂者ともいわれる大伴家持（おおとものやかもち）に贈った歌。
◇なまじひ↓自分の気持ちに反する無理な抵抗　◇常に思へり↓いつも想ってしまう
◇ありそかねつる↓（生きることが）耐えがたい

イズ・ディス・ラヴ？ is this love?

いまいちあなたに夢中になれないのは
私たちの恋に　邪魔者が足りないせい？
それとも単に　私の愛が
冷めちゃったってコト？

玉藻《たまも》刈る　井堤《ゐで》のしがらみ　薄《うす》みかも
恋の淀《よど》める　わがこころかも

作者不詳

◆巻11・2721
「井堤のしがらみ」は恋を遮るもののたとえ。それが「薄い」から恋が停滞しているのかしら、と作者は歌う。不倫相手が離婚した途端に気持ちが冷めてしまった、などというのもよくある話。恋は障害があるほど燃えるものらしい。
◇玉藻刈る↓「井堤」の枕詞　◇井堤↓田へ水を引くために川の水をせき止めたところ
◇しがらみ↓水をせき止めるための柵　◇わがこころかも↓私の心のせいだろうか

夕闇の道は暗すぎるから

月が出るまで　ここで待ったら？

そしたら私　もう少しこのまま

あなたのこと　見つめていられる

夕闇は　路《みち》たづたづし　月待ちて
いませわが背子《せこ》　その間《ま》にも見む

大宅女《おおやけめ》

◆巻4・709

「夕闇」とは日が暮れてから月が出るまでの薄暗い状態。「たづたづし」は『不案内で心もとないさま』、つまりこの場合、表が薄暗く、足元がおぼつかないことを意味する。作者はそんな「夕闇」を口実に、今にも部屋を出ようとしている恋人に、もうしばらくそばにいてほしいと甘えるように訴えている。

◇いませ↓お帰りください

◇背子↓女が恋人（あるいは夫）である男を親しんで呼ぶ語

俺ってホントにバカだよな

夜になれば他の男の

腕枕で眠るあいつのコト

こんなに好きになっちまうなんて

験《しるし》なき　恋をもするか　夕されば
人の手まきて　寝《ぬ》らむ児《こ》ゆゑに

作者不詳

◆巻11・2599

『甲斐のない恋をすることよ。日が暮れれば、他の男の手を枕に寝ているであろう子なのに』、というのが一首の意。報われぬ恋と知りながら、それでも想わずにいられない男の苦悩。

ホロスコープもタロットも
『来る』と告げてる今夜すら
姿を見せないあなたは
いつなら会ってくれるの？
いつまで私　こうして待つの？

わたしの恋はきっと
現在《いま》も未来も悲しい

夕卜《ゆふけ》にも　占《うら》にも告《の》れる　今夜《こよひ》だに　来《き》まさぬ君を　何時《いつ》とか待たむ

作者不詳

吾《あ》が恋は　現在《まさか》もかなし　草枕　多胡《たご》の入野《いりの》の　奥《おく》もかなしも

作者不詳

◆巻11・2613（右）

『ホロスコープもタロットも』はむろん意訳。「夕卜」はこの時代に広く行われた占い。夕方に道の辻に立ち、通行人が何気なく漏らす言葉で吉凶を占ったという。続く「占」は占い全般を意味するので、ここでは『その他の占い』ほどの意としておく。また、「告れる」は『神意が形に現れる』ことで、ここでは『占いに恋人が訪ねて来ると出た』の意。

◆巻14・3403（左）

「かなし」はここでは文字どおり『悲しい』の意とした。また、「草枕多胡の入野の」は「奥」を起こす序詞。作者の性別は不詳。

◇現在→さしあたっての今　◇草枕→「多胡」の枕詞

◇多胡→現在の群馬県の一部　◇入野→山裾に入り込んだ野　◇奥→将来

地天泰

これから生まれてくるみんな

私みたいに恋をしちゃダメだよ

つらい想い　したくなかったら

絶対に恋なんかしちゃダメだよ

わが後《のち》に　生《うま》れむ人は　わが如《ごと》く
恋する道に　逢ひこすなゆめ
柿本人麻呂歌集《かきのもとのひとまろかしゅう》

◆巻11・2375
後半二句は直訳すると『恋の道に決して出会ったりしてはいけない』。恋に苦しんだ女（あるいは男）の『教訓』である。だが、こういうことを言う人に限って、その舌の根も乾かぬうちに再び「恋する道」に踏み込んでいたりする。

［索引］

＊この索引では、本書で取り上げた歌の初句の読みのみを掲載しました。ただし初句が同一の歌については、それぞれの歌の第二句以下を併記して掲載しています。

＊（・）内には、それぞれの歌の収められている巻数、ならびに『国歌大観』による歌番号を順に記しました。

【あ行】

あがこひは（14・3403）……147
あきづはの（3・376）……35
あきのたの
　ほのへにきらふ（2・88）……99
　ほむきのよれる（2・114）……115
あさぢはら（12・3063）……102
あづきなく（11・2582）……47
あづさゆみ（11・2640）……45
あめつちの（15・3750）……119
あめもふり（12・3124）……43
あをやまの（3・377）……35
いのちあらば（15・3745）……119
いひはめど（16・3857）……127
いめのあひは（4・741）……105
うつせみの（12・2961）……63
うつたへに（4・778）……45
おほつちも（11・2442）……75
おほはしの（9・1743）……37
おもふにし（4・603）……113
おもへども（4・658）……95

【か行】

かくばかり（11・2372）……89
きみがゆく（15・3724）……117
きみなくは（9・1777）……127
くろかみに（4・563）……47
こころゆも（4・601）……111
こひはいまは（4・695）……17
こまにしき（11・2356）……43
こもりのみ（16・3803）……39

【さ行】

しもつけの（14・3425）……67
しるしなき（11・2599）……143

【た行】
たかきねに（14・3514）……71
たまもかる（11・2721）……135
たまゆらに（11・2391）……51
ちかくあらば（4・610）……113
ちりひぢの（15・3727）……117
ときもりの（11・2641）……107
【な行】
なるかみの　すこしとよみて
さしくもり（11・2513）……59
ふらずとも（11・2514）……59
【は行】
ひさかたの
あまつみそらに（12・3004）……79
あまとぶくもに（11・2676）……71
ひとづまに（12・2866）……37
ふりさけて（6・994）……33
【ま行】
まこもかる（11・2703）……30
まよねかき（11・2408）……13
みやびをと（2・126）……123
みやびをに（2・127）……123
ものおもふと（4・613）……131
【や行】
ゆふけにも（11・2613）……147
ゆふさらば（4・744）……105
ゆふされば（4・602）……111
ゆふやみは（4・709）……139
よるひると（4・716）……21
【わ行】
わがせこが（4・514）……41
わがせこに（11・2769）……75
わがのちに（11・2375）……151
わぎもこが（8・1503）……85
わぎもこに（11・2412）……55
わするやと（12・2845）……109
わすれぐさ（12・3062）……109
われはもや（2・95）……63
をとつひも（6・1014）……25

〔主要参考文献〕

青木生子・井手至ほか　『新潮日本古典集成／萬葉集』一〜五　（新潮社）
伊藤博・稲岡耕二ほか　『萬葉集全注』　（有斐閣）
稲岡耕二／編　『別冊國文学／万葉集必携』　（學燈社）
犬養　孝　『万葉　恋の歌』　（世界思想社）
大岡　信　『私の万葉集』一〜五　（講談社現代新書）
木俣　修　『万葉集　時代と作品』　（ＮＨＫブックス）
清川　妙　『清川妙の萬葉集』　（集英社文庫）
斎藤茂吉　『万葉秀歌』上・下　（岩波新書）
桜井　満　『対訳古典シリーズ／万葉集』上・中・下　（旺文社）
沢瀉久孝　『万葉集注釈』　（中央公論社）
谷川健一　『うたと日本人』　（講談社現代新書）
土橋　寛　『万葉開眼』上・下　（ＮＨＫブックス）
中西　進　『万葉集　全訳注原文付』一〜四・別巻　（講談社文庫）
中西　進　『万葉の秀歌』上・下　（講談社現代新書）
中西　進／編　『万葉集を学ぶ人のために』　（世界思想社）
中平まみ　『恋ひ恋ひて　私の万葉恋歌選』　（角川文庫）
久松潜一　『万葉秀歌』一〜五　（講談社学術文庫）
久松潜一　『万葉集入門』　（講談社現代新書）
古橋信孝　『古代の恋愛生活　万葉集の恋歌を読む』　（ＮＨＫブックス）
森淳司・俵万智　『新潮古典文学アルバム／万葉集』　（新潮社）
山本健吉・池田彌三郎　『萬葉百歌』　（中公新書）
Takashi Kojima　『Written on Water』　（Charles E. Tuttle）

［写真クレジット］

p.008～p.017：菅野 純 ⓒ JUN KANNO
p.018～p.021：岩根 愛 ⓒ AI IWANE
p.022～p.030：小野 静 ⓒ SHIZUKA ONO
p.048 ：小野 静 ⓒ SHIZUKA ONO
p.050～p.065：岩根 愛 ⓒ AI IWANE
p.066～p.080：山本 香 ⓒ KAORI YAMAMOTO
p.082～p.089：岩根 愛 ⓒ AI IWANE
p.090～p.102：山本 香 ⓒ KAORI YAMAMOTO
p.120 ：小野 静 ⓒ SHIZUKA ONO
p.122～p.137：小野 静 ⓒ SHIZUKA ONO
p.138～p.153：菅野 純 ⓒ JUN KANNO

［訳文・解説執筆協力］

久保田瑞穂（くぼたみずほ）

［SPECIAL THANKS］

ayaco & Yoshiyuki／江の島海水浴場・西浜のライフセーバーの皆様
加藤まちこ／北方コータロー／嶋田博子／谷なおこ
渓村あつよ／Ten Jin／野上まや／ヒデトシ／廣瀬ともみ
マキちゃん／ミサ／村田恵理子／矢部まゆこ／ルーパー
フジテレビジョン／共同テレビジョン

［カバー写真］

Jungle Smile「16歳」CDSジャケット アウトテイクより

本書は光村推古書院から96年10月に刊行された『Contemporary Remix〝万葉集〟LOVE SONGS side A』と、97年2月に刊行された『同 side B』を、写真を差し替え、文庫版として再編集し、改題したものです

Contemporary Remix "万葉集《まんようしゅう》"

恋《こい》ノウタ

LOVE SONGS TO YOU せつなくて

三枝克之《みえだかつゆき》

角川文庫　11860

平成十三年二月二十五日　初版発行

発行者――角川歴彦

発行所――株式会社角川書店

東京都千代田区富士見二―十三―三

電話　編集部(〇三)三二三八―八五五五
営業部(〇三)三二三八―八五二一

〒一〇二―八一七七

振替〇〇一三〇―九―一九五二〇八

印刷所――暁印刷　製本所――コオトブックライン

装幀者――杉浦康平

本書の無断複写・複製・転載を禁じます。

落丁・乱丁本はご面倒でも小社営業部受注センター読者係にお送りください。送料は小社負担でお取り替えいたします。

定価はカバーに明記してあります。

©Katsuyuki MIEDA 1996　Printed in Japan

み 26-1　ISBN4-04-357001-5　C0192

角川文庫発刊に際して

角川源義

第二次世界大戦の敗北は、軍事力の敗北であった以上に、私たちの若い文化力の敗退であった。私たちの文化が戦争に対して如何に無力であり、単なるあだ花に過ぎなかったかを、私たちは身を以て体験し痛感した。西洋近代文化の摂取にとって、明治以後八十年の歳月は決して短かすぎたとは言えない。にもかかわらず、近代文化の伝統を確立し、自由な批判と柔軟な良識に富む文化層として自らを形成することに私たちは失敗して来た。そしてこれは、各層への文化の普及滲透を任務とする出版人の責任でもあった。

一九四五年以来、私たちは再び振出しに戻り、第一歩から踏み出すことを余儀なくされた。これは大きな不幸ではあるが、反面、これまでの混沌・未熟・歪曲の中にあった我が国の文化に秩序と確たる基礎を齎らすためには絶好の機会でもある。角川書店は、このような祖国の文化的危機にあたり、微力をも顧みず再建の礎石たるべき抱負と決意とをもって出発したが、ここに創立以来の念願を果すべく角川文庫を発刊する。これまで刊行されたあらゆる全集叢書文庫類の長所と短所とを検討し、古今東西の不朽の典籍を、良心的編集のもとに、廉価に、そして書架にふさわしい美本として、多くのひとびとに提供しようとする。しかし私たちは徒らに百科全書的な知識のジレッタントを作ることを目的とせず、あくまで祖国の文化に秩序と再建への道を示し、この文庫を角川書店の栄ある事業として、今後永久に継続発展せしめ、学芸と教養との殿堂として大成せんことを期したい。多くの読書子の愛情ある忠言と支持とによって、この希望と抱負とを完遂せしめられんことを願う。

一九四九年五月三日